Les aventures extraordinaires du

PÈRE LIMPINPIN

Textes > **Stéphanie Dunand-Pallaz**
Dessin & couleur > **David Ratte**

chours

Au creux des neiges éternelles, près des sommets, se blottissent quelques pittoresques petits chalets.

Dans ce coin appelé Patelin,
figurez-vous
qu'il se passe des tas d'histoires
à dormir debout !

Aussi les villageois
ont pris soin de nommer
un talentueux shérif pour les protéger :

Ni plus ni moins que le fameux Père Limpinpin
armé de son tromblon, un fusil peu commun !

Il tenait cette arme
authentique et singulière
du réputé Père Pette,
son cher arrière-grand-père,
qui l'avait héritée
du vaillant Père Siffleur,
lui-même descendant direct
du Père Turbateur.

La légende disait
que ce terrible tromblon
avait tué cent ours
et plus de mille bisons !

Le shérif n’osait avouer
que ses aïeux
préféraient de loin la cueillette
aux coups de feu…

Ce jour-là,
on n'entendait pas
une mouche voler
quand brutalement
la terre se mit
à trembler !

Un cri
inhumain
résonna dans
toute la ville,
tirant
le brave shérif
de sa sieste
tranquille.

Crénom
d'un marmotton,
il y avait
un problème,
un gros,
un énorme,
un gigantesque
problème !

Il mit vite
son chapeau
et siffla son adjoint,
Picpus,
le moins malin
des enquêteurs
canins.

Ils croisèrent en route des villageois paniqués,
ils parlaient d'un monstre immense aux crocs acérés,

d'une bête effroyable
aux écailles lacérées !
Tous avaient la chair de poule,
leurs cheveux dressés !

« Ze vais m'en occuper,
crénom d'un Zirafon !
Ze Zère parfaitement
cette situation. »

L'intrépide shérif
Zozotait léZèrement
depuis la perte
de sa dent
Zuste devant.

Il sortit une loupe pour chercher des indices.
Il fallait être précis, trouver une piste…
Il fit trois pas… Et tomba dans un trou !
Il se hissa… Et tomba dans un autre trou !

Deux trous si énormes, ça n'était pas dans la norme !
À mieux y regarder, ils avaient une drôle de forme...

Il estima qu'il s'agissait de traces de pas...
La bête était pattes nues... Et n'avait que trois doigts !!!

Crénom d'un mouflon, voilà qui était curieux !
Il se frotta la barbiche et plissa les yeux…

Il reçut soudain deux boules de neige
en pleine poire,
cadeau du lutin Touin
et du lutin Tamarre !

Il en perdit son latin, satanés lutins !
Rusés comme des renards, rapides comme des lapins !
À peine leur farce faite, ces deux petits futés
avaient détalé, riant comme des dératés !

Tout à coup le shérif
vit quelque chose briller,
pour sûr la lame d'une arme,
il fallait vérifier !

Il se lança dans la neige
valeureusement,
tandis que son chien
gobait des flocons gaiement.

Il s'attendait à tout, même à une arbalète
mais sûrement pas à un foulard à paillettes !
Il avait affaire à un drôle d'olibrius…
Cette affaire était plus épineuse qu'un cactus !

« Dépêche-toi... »

Cette voix qui résonnait,
il la reconnaissait....
L'honnête shérif l'entendait
dès qu'une affaire traînait...

Il siffla Picpus
qui coursait un écureuil,
lequel s'enfuit et disparut
en un clin d'œil.

Ces petites bêtes
détestent qu'on
leur cherche des poux.
Que chacun se mêle
de ses noisettes,
après tout !

Le shérif arriva devant
une maison en bois...
Elle était spéciale,

carrée,

avec un toit plat.

Il frappa à la porte,
une fois,
deux fois,
trois fois...

Sans
réponse,
il frotta
son
étoile
et entra.

À l'intérieur,
une jeune fille tourbillonnait,
en tutu, toute légère,
ses beaux bras relevés.

Le shérif toussa
pour signifier sa présence,
mais dut
quand même patienter
qu'elle termine sa danse.

Un tour, deux tours,
trois tours, quatre tours…
Que c'était long !

Quelle maudite
perte de temps,
crénom d'un cornichon !

Il y avait deux choses
qu'il détestait vraiment :
les choux de Bruxelles,
et attendre patiemment.

Enfin elle s'arrêta,
il put l'interroger,
mais la ballerine, hélas,
n'avait rien observé...

Elle avait
juste entendu
un long
cri strident.

Le shérif la remercia
et sortit prestement.

Dehors il retrouva **Picpus** fort occupé
à courir après une grosse pomme de pin séchée.
Brusquement le sol se déroba sous leurs pas.

Alors qu'il s'enfonçait,
une **tête d'ours** émergea !

OUF ! Par chance
ce n'était que **Gaspard**, l'ours mineur :
dénicher de l'or était son souci **majeur.**

Mais il ne savait plus où était sa galerie.
« Encore raté, se dit-il, toujours pas ici ! »

Ils virent alors s'approcher un bien **drôle d'oiseau,**
l'air complètement sonné,
la tête en plumeau...

Ils le laissèrent filer,
tant il était patraque,
comme s'il avait reçu
un **gros** coup de matraque !

« Il se fait tard... »

La voix, encore une fois...
Ils devaient se hâter !
Le compte à rebours
avait déjà commencé !

Le Monstre devait être là,
tapi dans le froid...
Un rugissement terrifiant
les glaça d'effroi !

Le Père Limpinpin
s'agrippa à son tromblon.
Même pas peur, se dit-il,
crénom d'un champignon !

Le cri provenait du bois
du Bandit sans tête,
un lieu maudit où personne
n'allait... sauf la bête...

Le shérif s'y précipita
sans hésiter.

Picpus préféra partir
en sens opposé.

Le Père Limpinpin serrait son arme très fort,
quand il se retrouva face à un vrai **dinosaure** !

C'était donc lui l'horrible **monstre** !
Fichtre, toutes ces **dents** !
Et surtout cette haleine... C'était si... pétrifiant !

le shérif ne s'attendait pas à ce **géant** !
Et il n'avait pas de plan, c'était embêtant...
D'autant que le **dino** le fixait cruellement...

Ou bien peut-être lui souriait-il bêtement ?

Et au moment où il s'y attendait le moins,
le **T-Rex** le décolla du sol par la main.
Il s'appelait Trévors, chanteur de charme disco,
il venait présenter son nouveau numéro.

Ainsi les hurlements
étaient un tour de chant !
Ce **dinosaure** n'avait pas
vraiment l'air méchant...

Il fit deux pas de danse,
serré dans son costume,
porté par la grâce
et la souplesse
d'une **enclume** !

Le train
de **17** heures
siffla dans le lointain.
Le shérif voulut
retourner à **P**atelin.

Il présenta **T**révors
à tous les habitants,
non sans provoquer
dix évanouissements.

Les villageois, bouche bée, furent si soulagés
qu'il ne soit pas venu là pour les dévorer
que tous allèrent à son concert pour l'écouter...
Des bouchons dans leurs oreilles, bien-bien enfoncés !

Le spectacle fut tout bonnement calamiteux.
Trévors chantait faux et très fort, c'était affreux !
Son seul vrai fan fut le vieux papy Cageot,
un vieil ermite excentrique et sourd
comme un pot !

Quand le rideau tomba, tous applaudirent quand même.
Ils ne voulaient pas vexer un tel phénomène !

Ils l'encouragèrent
à vite partir en tournée !
Loin, loin... pour ne plus jamais
l'entendre chanter !

Mais Trévors
avait un autre projet
en tête.
Il rêvait lui aussi
de mener des
enquêtes.

Il demanda sans tarder
au Père Limpinpin
s'il pouvait devenir
son tout nouvel adjoint...

« Maintenant ça suffit !
Rentre illico presto ! »

« Laisse ton
nouveau dino
et viens te mettre
au chaud ! »

«Viens Picpus, Ze ranZerai mes Zouets plus tard,
Maman va crier si on traîne encore ce soir !»

La nuit allait tomber, il fallait vite rentrer,
mais il restait tellement d'enquêtes à mener !

Avec un dino et de l'imagination,
en route pour l'aventure, Crénom d'un p'tit garçon !

À mes parents

Stéphanie Dunand-Pallaz

À Danielle, Solange, Jeanne et Paquita

David Ratte

www.chours.com

Première édition · PAO : StoneBundle.ch
ISBN : 978-2-88934-019-4 · Dépôt légal : octobre 2016
Print arranged by WeBundle Group in EU